KB209565

현대시세계 시인선 174

하늘은 개고 마음은 설레다

하늘은 개고 마음은 설레다

도서출판 북인

시인의 말

눈보라 속 남극 펭귄은 단 하나의 알을 발등에 올려놓고 품는다

인생은 빨리 늙고 반성은 너무 늦구나,

가마에서 꺼낸 도자기를 거침없이 망치로 깨뜨려보지 못했다

2024년 가을
나석중

차례

2부

3부

4부

1부

꽃이 나를 불렀다

풀이슬

풀잎에 내린 이슬이 참 영롱하다
부를수록 사무치는 이름이다

어린 바람이 얼굴을 비친 다음에
아침 햇빛이 보석을 지우기 전에

문득 먼저 떠나간 눈동자같이
눈물 글썽이던 사람을 보고 싶다

가만히 그 착한 이름을 불러본다
부르면 순해지는 이름을 불러본다

웃는 돌

돌이 웃는다
언제나 나를 보고 웃는 돌

남한강 하류에서 처음
나보다 먼저 돌이 나를 보고 웃었다

이심전심, 염화미소
지금도 나를 보고 넌지시만 웃는

돌의 웃음은 진리이다
돌은 한번 웃으면 끝까지 웃으니까

당신을 보고도 웃을 테니
돌은 부처다

남천南天

말버릇이 그의 운명과 무슨 상관이 있으랴만은 〈내 고향 남촌〉을 부른 배호는 일찍 삼각지를 돌아서 남천으로 갔다. '남촌'을 '남천'이라 부르면서 노랫말에도 미늘 같은 씨가 있는 걸 몰랐을까? 그에게 전화위복이라는 꽃말은 어울리지 않았다. 그는 이미 남천으로 간 지 오래지만 그 목소리는 살아남아서 산 자의 심금을 뜯는다. 카페에 앉아 문득 창밖을 보니 거기 언제부턴가 남천이 와서 흰 꽃다발을 흔들고 있다

가침박달

사람도 꽃도 들뜨는
시도 때도 없이 수탉이 목청을 높이는
화장사 산문 앞에
백만 송이 꽃을 들고 나온 가침박달
일생 처음으로 꽃의 사열을 받으며
나는 바늘 끝 향기 맛을 보았습니다
당신은 꽃의 마중을 받아보신 적 있나요
찢어진 영혼을 박음질받는
당신은 이 무통분만의 기분을 아십니까
순전히 우정의 끌림이 있었습니다
내가 무슨 재주로
삼백 리 밖 꽃의 기척을 알겠습니까
내 오래 가슴 깊이 새겨둘 백만 쪽 경전
생기의 가침박달경經

초점焦點

속절없이 걷는 날이다, 누군가 저쪽에서 손을 들어 가리켰다

관리인이 없는 공동묘지에는 풀꽃이 지천이다, 어떤 봉분은 자손이 끊기었는지 작은 기척에도 놀라 멧새가 날아가는 마른 쑥대밭이다

주검을 가두는 일은 망자에 대한 기억을 저장하는 일, 묻은 자는 옆에 없고 죽은 자는 못 들은 척이다

작은 풀꽃 앞에 무릎 꿇고 초점을 맞추는 노인의 손등이 봄볕에 그을려 흰 뼈가 드러나 있다

그 틈에, 해묵은 잔디밭을 여미며 겨우 솟아난 구슬붕이가 꽃단추처럼 반짝였다

풀꽃

이젠 오르막길이 팍팍해서
그냥 주저앉았다가도

올해도 용케 살아남아서
반짝반짝 계절을 눈짓하는
어린 풀꽃들을 보면

내가 이래서는 안 되지
벌떡 일어나 다시 걷는다

분꽃

분꽃은 수더분하게 피어서
가서 살고 싶은 동화의 나라가 들어 있다

지구는 태양을 돌고 돌아도
내 소꿉놀이 내 각시
떠오르는 분이의 얼굴은 마냥 일곱 살

분칠을 안 해도 예쁘기만 했던 맨얼굴에
그 애틋한 열매 서넛
흰 속살 으깨 요리조리 바르며 낄낄거리던

분이가 대문 밖에 마중 나와서
생애에 가장 선한 나라로 데려가고 있다

먼 산

— 서정춘 시인

내 아끼던 돌 한 점 가져왔다고

은박포장지를 열며 내가 하는 말이
요 작은 게 그래도 '먼 산'이라고

선생은 이 '먼 산'을 보고
덤으로 시 한 편 쓸 것 같다고 하니

선생의 눈동자가 재빨리 받아들고
내게 냅다 하는 말씀이

흰 기러기 두 마리 날아가는구먼,

괭이밥을 보면 입에 넣고 싶지

나는 왜 시금털털한 고향 맛을 잊지 못하는가
나는 지금도 괭이밥을 보면 입에 넣고 싶지

'괭이밥'보다 '신건지'라고 부르는 게 더 정겨워
내 유년 허청난 입은 그걸 토끼처럼 오물오물 씹어먹었지

정자 그 가시내도 머리에 된서리가 내렸겠구먼.
너랑 나랑 사금파리 소꿉놀이할 때 단골 메뉴였지

오늘날 이만큼 사는 것도 다 그때 간신히 살아남아서
보릿고개를 넘어온 괭이밥 덕분인 걸 잊으면 안 되지

괭이밥으로 녹슨 동전을 비비면 광택이 살아나듯
추억이 잦으면 그때로 돌아갈 때가 되었다는 거겠지

정지 그늘 아래 시어빠진 '물김치'를 '신건지'라고 불렀는데
딱 고 맛이라고 괭이밥을 신건지라 불렀겠지 뭐

그래, 그때는 냉장고도 못 볼 때였으니까
그러나 하늘은 유난히 푸르고 바람은 상큼했었지

지는 꽃

봄인가 했더니 벌써 앵두꽃 진다
시나브로 지는 앵두꽃에
괜히 서러워지기도 하지만

꽃 지는 일 서러워할 일이 아니다
앵두꽃 진 자리에는 이내
녹두알만 한 앵두가 들어설 테니

그렇다면 꽃 지는 일은
웃으며 오히려 축하할 일이다
지는 꽃은 사명을 다한 것이니까.

꽃이 나를 불렀다

검불덤불 헤치며
저만치 처음 가보는 곳을 가보았다

처음 보는 꽃을 보고 뒤돌아서니
꽃이 나를 불렀다
세상에 나가 함부로 꽃 소문내지 말라고
조용히 살고 있는데
자꾸 사람이 싫지 않게 해달라고
이름 모를 꽃도 초상권이 있다는 듯
꽃이 나를 불렀다

하기야 사람의 신발독이 여간 아니지
입 조심 발 조심.

천도天桃

매미의 현악 뚝 그치고
의무를 다 마치고 저만치 퇴장하는 여름의 등뼈

누가 아픈 사람을 찾아와 무병장수하라고
놓고 간 천도 한 봉지가 구석에서 쓸쓸하다

동방삭은 천도를 훔쳐먹고 무슨 낙으로 삼천갑자를 살았을까

저만치 눈 밖에 있는 천도를 보면서 당신 생각나 눈물이 난다

당신 없는 세상을 나는 무슨 의미로 살았는지
세상에 없는 당신의 무덤은 내 가슴에 있고

내 죽음에 이르러서야 비로소 당신은 죽은 사람
영 잊히는 게 죽음이라면,

꽃다지

요 작은 게 꽃이라고
과객을 불러 가만히 무릎 꿇게 한다

요것들도 한껏 어디에 그리운 마음이 가서
싱싱 봄바람에 흔들리는 낭랑18세

물결치는 노랑에는 단결된 함성이 들려와서
애써 시들었던 마음도 동참하는데

흔들리는 마음에 초점을 잡을 수가 없다
요 작은 게 꽃이라고

미선나무

미선나무 앞에서 불현듯 떠오르는 여자가 있다

월남에 파병한 남편을 오매불망 기다리던 여자
웃음에 봄바람을 실어서
옆집 떠꺼머리의 가문 보리밭을 출렁이게 하던 여자

남편이 살아 돌아오자 어디론가 이사를 갔던
보름달 얼굴 감싸며 달빛 반짝이던 흑발미녀
지금 기억은 유리창을 뚫고 저 멀리 가고 있는

이름을 '미선'이라고 부르던 옛날 여자가 있었다.

변산바람꽃 필 때면

먼저 당도한 꽃샘바람이 만 권의 책을 펼친다

아직 봄물은 퇴장하는 동장군 눈흘김 같아서
팍팍한 나그네구름의 발목을 적시지 못한다

나그네구름 마음에 아프게 수놓는 괭이갈매기
그 배고픈 공중울음 자욱한데

저기 수평선에 목을 매단 작은 섬들이 운다
방목한 흑염소들이 운다

이런 서사와 서정을 베껴 쓰는 게 채석강이다

산수국

잉잉거리는 산수국 향에
다시는 돌아올 수 없는 당신 생각

꽃은 피어서 한껏 시절인연을 잇겠지만
이내 작은 골짝물소리는 잦아지리라

축복받는 계절을 만끽하지 못한 사이
왜 성급히 다음 계절이 손짓하는지

콩 타작한 검불로 아궁이에 군불을 피운
그 아랫목에 발 들이고도 싶은지

다시는 돌아올 수 없는 당신 생각에
잉잉거리는 삶의 소란

아네모네

부덕이 이모가 웃고 있다
그 이름 잘 살고 잘 베풀며 살라는 이름

그런데 소박맞고 보릿고개 넘어와
우리 집에 달포를 머물렀던 막내이모

사온四溫의 울타리 양지 같던 웃음
그 웃음에 장가들고 싶었던 어린 꽃눈

봄바람에 실려온 후일담은 재가하였다는
부덕이 이모가 웃고 있다

강설석도降雪石圖

까마귀보다 짙은 검정 바탕에
방금 그친 설경 일색

깃털보다 가벼운 눈발이
어떤 힘으로 뿌리를 내렸는지

깨지 않고는 바뀔 수 없는
진리처럼 돌에 박혔는지

요리조리 실감하는 경외
작은 돌 하나 두 손에 받들다

2부

슬픔도 밥 한 그릇

된장국을 끓이며

된장국을 끓이며 결국
서러움에 어깨 들썩이는

양은냄비에 보글보글 끓는 냄새가
곰삭은 슬픔이라는 것을

그래, 슬픔도 곰삭으면
밥 한 그릇 된다는 것을

싹싹, 비벼먹는 그 밥 한 그릇이
나를 살려왔다는 것을

끓는 된장국을 바라보며
두 주먹 쥐어보는 것을,

토렴

배고픈 시절에는 눈여겨보지 않았다

숨 다독이듯 부었다 따랐다 하는 저 주술 같은 행위가
인제 와서야 추억을 헹구는 것 같아 민망하다

끓는 가마솥 국물에 젖는 오모가리 속 찬밥 한 덩이
그 국물 도로 가마솥에 따라붓고
다시 오모가리국밥을 덥히는 과정을 서너 번 거쳐서
식탁에 올라온 순댓국은 추억의 보배

시끌벅적한 저자 노천의 목로木櫨
부끄럽고 불편했던 가난을 이제 와서 숨기고 싶지 않다

국밥 한가운데 숟가락을 꽂아보면 국밥아주머니의 손은
솥뚜껑만큼은 커서 일직一直으로 중심을 잡는 포만감
그 한 그릇의 추억이 밥이 되고 안주가 되어
소주병도 공손히 머리를 숙여 속내를 다 부어주었었지

절로 떠오른 떳떳한 기억은 배부르다

종일 빗소리*

종일 빗소리에 갇힌 몸

창문 닫아도 스며드는 물비린내
매미 울음 그치고 비구름처럼 엉기는 온갖 번뇌

내 뜻과 무관하게 태어난 몸 갈 때도
내 뜻과 무관하게 가겠지만

겨우겨우 핀 꽃들 다 지겠고
생계를 운반하는 바퀴들도 미끄러질까

무슨 의도를 묻겠다고 밖에 나간다면
낡은 지팡이 같은 몸으로는 낙상하기 십상이다

종일 몸에 갇히는 빗소리

＊우성종일雨聲終日 : 남병철南秉哲(1817~1863)의 시「하일우음夏日偶吟」에서.

아까운 손님

사람 사는 세상이
그리워
얼른얼른 오는 눈

그런데

사람 사는 곳은
너무 따뜻해서
금방금방 녹는 눈

언어의 표본

수석장에 크고 작은 돌들이 정연하다

이 침묵덩어리들은 빽빽한 언어의 숲
언어 이전의 언어의 표본
눈으로 가슴으로 듣는데 깊고 자상하다

유배지 같은 강가에서 바닷가에서
측은한 물새알 둥지를 보다가도
인연의 눈빛은 섬광 같았지

아침 저녁으로 문안을 드리고 쓰다듬고
마음 설레며 맞았던 첫 만남의 때와
그 아련한 장소를 기억하며

거울처럼 노옹들의 눈빛에 나를 비춘다

포항

아득히 손들고 바라본다
바라보는 수평선이 주요 문제의 밑줄처럼 멀리 있다
그 밑줄에 대한 온갖 질문이 많겠지만
혹 아픔과 분노에 찬 구름이 이곳에 왔거든
한껏 울고 가시라
한정 없는 바다의 품은 뉘우칠 것조차 다 받아주느니
누구를 용서 못하리 사랑 못하리
저 굽 높은 파랑, 백마를 타고 오는 영웅들을 보면
바다는 마르지 않는 광야로다. 풀을 뜯는 희망이로다
하지만 나에게는 다시 못 올 푸르른 날을 회상하며
넌지시 옷소매를 잡아당기는 위로이니
차분히 미운 정 고운 정 다 떠나보내고
머지않아 주저 없이 수평선에 합류하라고 이른다
저 불쑥 솟아오른 바다의 큰 손바닥을 바라보면
오늘 나를 마중 나온 손이기도 하지만
아무래도 나를 수평선에 몰아붙이는 손이다
비로소 거기가 내 안식할 곳이라는 듯
인제는 손바닥을 펴 빈손을 높이 보여 보라는 듯이
아득히 손들고 바라본다

호박琥珀

슬픔을 눈물로 지운다면
매일 참나무에 붙은 매미처럼 울겠지만

이미 그 눈물도 메말라서

화석이 된 슬픔, 영롱한 호박 구슬 하나
고이 굴리며 보내는 세월

북한산

발바닥으로 읽고 가슴으로 듣네
방심은 잔 돌멩이에도 미끄러지고
땀 흘리며 오른 정상에서 하늘의 숨소리 벅차네.
두꺼워진 종아리는 강철 같고
가난을 까불던 키만큼 넓어진 가슴에는 미움도 없고
굽어보는 저 산 아래
올망졸망 사는 것들은 개미집 모양 측은하여라
일생을 다 읽어도 완독하지 못하고 뭐라 중얼거리며
냉정히 내려가는 골짝물은 다시는 돌아오지 않겠지만
나는 알지
내 언젠가
다시는 하산하지 않을 날 오리라는 것을 알고 말고
이끼 푸른 산기슭의 적요에 묻혀서
산경山徑의 쉼표 하나 되리라는 것을,

추젓

방금 찜통에서 푹 쪄 나온 돼지고기 살점을 추젓에 찍어 먹는 맛이라니! 나는 추젓을 보러왔으나 보쌈만큼 우정이 그리웠나보다. 출어에서 돌아온 고깃배들이 작은 집성촌을 이루고 있다. 배부른 한 무리의 갈매기가 양지에서 졸고 바야흐로 별의 촉감이 숨결 같은 때이다. 갯벌에 처박혀 오도가도 못하던 외톨이 폐선은 보이지 않았다. 지극히 친절했던 가난들은 여기저기 성형한 얼굴로 낯설다. 수인선 협궤열차는 '허기-7' 모델 하나 달랑 추억의 모두冒頭로 정착한 지 오래다. 장도포대지에서 시커먼 화포 3문이 멍때리는 난바다는 터질 듯 홍시 빛으로 물들어갈 때, 기울어진 소금창고의 빈 적막을 들여다보는 사내의 등 뒤에 헛기침을 날리던 그 사내는 오지 않았다. 이미 그는 코로나 이후 잠깐 흘러간 구름처럼 감감무소식이었지만 어쩐지, 그와 조우할 것 같다, 그는 아직껏 공중의 새 떼를 베끼고 있는지, 인연이 닿았던 곳마다 술래처럼 걸으며 소래포구를 서성이던 날이 있었다.

벽골碧骨

무논의 기운찬 벼가 풍년을 꿈꾸며 푸른 물결을 보일 때 그 만선의 벌판을 만경창파라 불렀겠지요.

일꾼 오백을 들이던 '되배미'를 보면 벽골제의 규모를 짐작하고도 남습니다. 더욱이 일꾼들이 신은 짚신에 들러붙은 흙덩이가 모여 "신털미산"을 솟게 한 것을 보면 당시 백제의 국가 대사임을 가히 짐작하고도 남지요. 그러니 태수의 딸 단야를 제물로 바쳤다느니 말의 푸른 뼈다귀를 섞어 둑을 쌓았다느니 하는 쌍용의 전설 두어쯤 전해오는 일은 당연한 미화가 아니겠는지요.

떠꺼머리총각이 보여요.
문득 보여요, 번쩍이는 낫을 들고 백제 가을 벽골의 황금 벌판에 들어서는,

면장免牆
— 나팔꽃

3층까지 올라온 얼굴 새빨간 저 나팔꽃이
아득한 하늘 끝을 보고 있다

뿌리박은 흙바닥에서
1층, 2층, 3층
앞길에 가파른 담벼락이 없었다면 무슨 기댈 힘으로 올랐을까

아무 소리도 없이 수행인 듯
온몸으로 경전을 읽어온 나팔꽃 선비

담벼락보다 더 높은 곳이
기댈 곳 없는 하늘이라는 것을 깨달은 것인가?

면장免牆 2
— 당산나무

죽음보다 어려운 게 살아남는 일입니다
죽음은 의무가 아니지만 살아남는 건 의무라 믿으니까요

이미 당신의 몸이 한 권의 경전이므로
비로소 담벼락을 면해 먼 데까지 보시는지요

수많은 타이틀을 거머쥐었던
왕년의 챔피언이 또 다른 당신의 호칭이지요

몸에 천 년쯤의 세월을 들이면 불성이 얼마나 깊어지는지
당신 슬하에 자리를 펴고 향을 피웁니다

해문리海門里

또박또박 제시간에 도착하는 계절은 경이롭다

포동포동 살진, 한껏 바람과 놀아나는 밀밭
정지 비행하며 종달새도 겨워 노래를 부르는 연유다

전해들은 말이 있었으므로 때에 이르러 두근거렸다
도를 구하러 저쪽으로 바다를 건너간 이쪽에서
먼저 바다의 문을 열었던 사람*이 있었으나

해문을 열기 직전에 문득 깨달은 사람도 있었다
— 모든 건 마음속 조화, 라는 걸
먼저 깨달은 또 한 사람**이 있었다.

이따금 고향 생각을 하며 고향을 잊어가는
철새인 가마우지도 텃새 되어 살기 좋은 곳

내 전생에 살던 곳이었던지 눈이 낯설지 않았다

* 의상.
** 원효.

절대고독絶對孤獨

곤충 채집한다고 우연히 뒷산에서 보았다

작대기 올무에 개 모가지를 걸어서
거칠게 흔들어 팽개치던 개백정을 보았다

어린 나는 매미고 뭐고 줄행랑치고 있었다
현장을 보았다고 그가 쫓아오는 것 같았다

하늘에서 낮달이 눈을 크게 흘기고 있었다

초복

초복이라고 한 그릇 삼계탕이 들어왔다. 감사하고도 서글프다. 전에는 더러 안주 좋다고 독작도 하면서 질긴 외로움을 소화했지만 인제는 그것도 청승맞다는 생각이 든다. 팔순 넘어 덤으로 살다보면 낯익은 외로움도 같이 갈 친구다. 장맛비가 한숨씩 쉬어 내리는 틈으로 동네 골목길을 걷는데 뒷산에서 짝을 찾는 멧비둘기 소리 구슬프다

非낭만시대

가로수 샛노란 은행잎이 뭐라고
중얼중얼 떨어집니다

그 봉인하지도 않은 편지를
지상의 발바닥이 다 읽기도 전에
노랑 형광조끼를 입은 미화원이
플라스틱 빗자루로 팍팍 쓸어냅니다

그 황금 같은 가을의 연서를
며칠을 두고 볼 수는 없는 건가요
하늘은 깊을 만큼 깊어지고
인심은 순할 만큼 순해지는 날에

누군가에게 편지를 쓰고
누군가에게 편지를 받으면 좋을,

선바위
— 한우진 시인

수군거리던 나무들이 부동자세로 서 있었다.

문득 낮에는 안 보이던 산 능선이
아닌 달밤에 문장의 붉은 밑줄처럼 보였다.

그 밑줄 위 우뚝 선 바위 하나가 잘 보였다.
세상에 굴러갈 수 없는 고독한 선바위

그 틈에서
돌양지꽃이 바람을 맞으며 피어나고 있었다

저녁 강

한 줌의 먼지 같은 재를
망각의 강으로 깨끗이 띄우면 개운하리라

나는 내가 산 게 아니라 누구로 살아왔는지
세상에 나와 물로 살다가 남기고 가는 게 무엇인지

절로 물안개 피우며 흐르는 물은 죽은 듯 고요하여라
작정하고 가는 물은 매정하리 만큼 뒤돌아보지 않는다

다음엔 어디에도 매지 않은 나그네구름이 되어
목마른 대지를 찾아 흠뻑 적실는지 모르는 일이지만

캄캄하게 나를 잊는다는 것은
정녕 눈에 어린 안개를 벗는 일일 테니

헛되이 심지도 담지도 돌에 새기지도 말라
무게도 깊이도 없이 활활

3부

꽃은 누굴 기다리는 힘으로 핀다

희망

오늘은 어떤 꽃을 만날까
하늘은 개었고 마음은 설렙니다

나와 모르는 한 무리는 저쪽으로 가지만
나는 홀로 이쪽으로 가봅니다

저쪽의 풍경은 어떨지 자문하는 사이
인기척이 끊길 만한 곳에 꽃이 피었습니다

꽃은 누굴 기다리는 힘으로 핍니다
기다린다는 게 희망이지요

분재

길들이지 말아라
나무는 나무로 살고 싶다

자르고
비틀고
누르고

우리는 너무너무 아프다
나무로 살고 싶다

북극곰의 눈물*

한 잔 두 잔
나는 북극곰의 눈물에 취한다

지구의 신발, 오래 아껴둔 사랑처럼 무너지는
만년 빙산을 바라보며 북극곰 한 마리
빙산 조각 위에 편주처럼 떠 멀어져가는 것을 보았다

그 절대고독은 어디로 흘러가는지…

북극곰의 눈물은 너무도 뜨겁구나
그래, 지구온난화의 주범이 인간이라면
나는 새털만큼이라도 인간이라는 게 부끄러워서 취한다

북극곰의 눈물을 누가 닦아주나
한 잔 두 잔

* 일본의 사케.

학림다방

검은 목조 계단을 올라서 거기
의외로 선남선녀들이 가득하다.
유서 깊은 곳을 찾는 꽃이라면 어깨에
무엇이라도 올려놔도 되겠다.
배경에 맞지 않는 노인은
식어가는 추억을 한 잔 주문해 읽고 있지만
저 물망초 같은 눈동자들은 어떤 미래를
미루나무 잎처럼 수군거리는가?
얼룩진 목조 다탁의 닳아빠진 모서리는
얼마나 많은 세월이 만지고 갔는지
소란 가운데 인적 깊은 고풍이란 고요에는
오욕의 지난 날도 그리워진다.
마로니에 잎 푸르른 날에
민주화를 위한 학림사건 이후 대학로는
벌 나비로 붐비고
복개천 위의 교통은 물 흐르듯 원활하지만
상선약수가 흐르던 그 이름
홍덕동천을 잊고 그 이름 대학천을 잊고
지금 바로 그 아래에는 시궁창
어떤 죽은 이념이 흘러가는가,

대갈大喝

— 어산불영魚山佛影*

끝까지 입 닥치고
억겁의 세월 돌이 된 무심함
곧 침묵을 두드리면 맑은 종소리가 난다지만
그것을 쇠귀에 벼락치는 고승의 대갈이라 듣는다
일컬어 만 마리의 물고기라고도 하지만
이따금 기슭의 만어사 종소리에서만 얕은 물기를 감촉할 뿐
햇볕에 더 마를 것도 없는 메마른 돌강石江
이런 걸 무여열반無餘涅槃이라 하는가?
죽지도 않고 더 낳지도 않는 물고기 떼는 낱낱이 무량한데
당신은 무엇을 보았는지
당신이 불멸을 얻는다 해도
침묵을 열고 박힌 돌의 함성을 들을 날 있을 것인지
이 군중 속에서 왠지 감당할 수 없는 외로움은
그 무슨 감정의 사치란 말인가
저절로 경배한다.

* 경남 밀양시 삼랑진읍 만어로 776에 소재한 만어사萬漁寺 앞에 있는 암괴류의 너덜겅을 말함(『삼국유사』).

천지백색일색天地白色一色

눈 온다 폭설이다
유언 없는 적멸의 얼굴 위에
눈은 기존을 다 바꿀 듯이 오고

저 무혈혁명의 질서 속에
누구를 미워할 수 있으랴
누굴 사랑하지 않을 수 있으랴

하늘에 계신 어머니가 오셔서
다시 나를 낳을지라도
나는 또 가난한 시인이 될 것이다

죽은 세상이 부활해야 한다고
호령호령 눈 온다

철옹성

어떤 간곡한 문장을 몸으로 쓰려는가
허공의 미루나무 이파리가 나불거리고
바람은 불어도 아직 쓰러질 때가 아니라고
오늘도 억새는 꿋꿋이 일어선다
바람아 불어라
서로 믿고 기대는 단결의 힘을 쓰러트려 보아라
한낱 억새라면
밭다리치기 한번으로도 쓰러졌을 것이다
평등한 성장으로 일어선 억새밭은 철옹성이다
제아무리 바람 거세게 불어대도
억새는 쓰러지지 않으려 애써 흔들리는 것이다
쓰러질 듯 쓰러지지 않는 것이 단결의 힘이다
오히려 하늘을 날고 싶던 날 어디 한두 번이었던가!
억새는 억세게 운이 좋던 날은 한번도 없었다
나란한 저 억새밭의 가을 뒤태가 아름답다
하늘도 밝은 안색으로 굽어보시는 날
바람은 불어도
한생애 염치없이 남길 군말은 없겠다

일성 日省

괜찮을까
경칩은 산성 너머에서 주춤

화장실 바닥에서 집게벌레를 만났다
같이 딸린 보일러실에서 나왔을까
그 까만 독불장군을 까딱,
신발 바닥으로 짓이겨 뭉개버리려다가
고이 문 밖에 놓아주었으나

아직도 꽃샘바람 매서운데
괜찮을까

의무義務

골짝물이 흘러갑니다
얼마 전까지라도 여러 틈새에서
조금씩 말 한마디 없이 새어나오던 것들
골짝물 하나로 도란도란 흘러갑니다
흘러가다가
큰 돌덩이 만나 둘로 셋으로 갈라지더라도
다시 또 골짝물 하나로 흘러갑니다
흘러가다가 일엽편주를 등에 업고
장맛비 맞고 태풍을 맞을지라도
더 큰 강물을 만나고 바다를 만날 때까지
아무 두려움 없이 흘러갑니다
다만 흘러가는 게
골짝물의 의무이니까요.

행복

참, 발톱 하나 깎는 것도 행복이다

허리가 아파서 어쩔 수 없이
길게 자란 발톱을 굽어보면서
내 손으로 내 발톱 깎을 때가 그리워진다

행복이란 모르고 지나가서야 뒤돌아보는
뒤돌아보는 일은 서글프다
길다 못해 끝이 구부러진 발톱

전의戰意 잃은 매 발톱이 되어가고 있다

외로운 목동

푸른 초원을 향하여
그는 배고픈 양 떼를 앞세워 갔다

어디로 가는 줄도 모르고 날뛰는
양 몇 마리에게
채찍을 치며 몰아가고 있었다

악어 떼 우글거리는
강 건너 초원은 얼마나 먼가,
여기까지 왔다가 되돌아갈 수는 없다

새마을바람 맡았던 짙은 풀 향기를
고생고생 살아왔던 지난 날을
그렇게 쉽게 잊으면 안 되리

아, 가난의 세습에서 벗어나보자고
늙은 바위 아래 홀로 눈물 흘리던
그 외로운 목동을

어느 무죄한 구름이 돌로 치겠는가
쉽게 잊으면 안 되리

사람냄새

시끌벅적 인심은 사온의 양지 같다
처녀 불알만 빼놓고는 다 있다

고소한 냄새에 호떡도 하나 사 먹고
서로 몸 부딪혀도 대수인 빽빽한 콩나물통

어머니 손잡고 처음 나온 시골 난장은
팥죽 사먹으며 보는 게 다 어리둥절했었지

현재를 열심히 경작하는 삶이란
만족할 것도 없지만 불평하지도 않는 행색

시방 여기저기 기웃거리는 도긴개긴
모란 오일장 사람냄새가 만선이다

닭의 멸망사滅亡史

닭들은 아예 잊었으리
자기들의 먼 조상이 자유 하늘의 새였음을
귀는 간사하고 달콤한 그 입술을 어이 견뎠으리
모이를 뿌려주는 길 따라
닭장 속으로 줄줄이 모여드는 닭들은 기억하리
반짝이는 풀숲을 헤치며
홰를 치며 제 부리로 제 먹이를 찾던 시절을 기억하리
아 기억하리
구멍난 바윗덩이가 제 몸에 떨어지던 낙숫물을 기억 못하듯
노동의 신성을 잃어가고
게으른 입에 흘려주는 우유가 독물이던 것을 기억하며
때늦은 후회로 엉엉 울 수밖에 없으리
빛나던 이마의 벼슬을 잃고
어느 날 갑자기 우물 안 개구리가 되어
녹슨 10원 동전 같은 하늘만을 우러러보며 울리
세상 처음 듣는
우물 밖 냉소와 괴성을 들으며 귀때기 틀어막고
개굴개굴 울음무덤이 되리

세방낙조細方落照

내 밀물에 갑자기 떠밀려왔지만
세방낙조가 먼저 취하여 술잔을 권한다
뺨을 어루만져보는 노을의 촉감으로
주거니 받거니 홍주를 마신다

내 생애
노을 한 조각만큼이라도 아름다운 시 한 편 쓴 적 있었나?
내 아는 시인의 것도 보고 반가웠지만
하늘 찌를 듯한 저게 시비詩碑인지 시비是非인지 나를 서글프게 한다
마셔도, 마셔도 가시지 않는 외로움이여
그대는 나의 반려, 나는 평생 그대와 함께 억세게 살았느니

이슥고 저무는 고생대의 짐승 같은 바다여 파도여
누가 휘모리장단으로 소리쳐 부르는 노랫가락이여
내 메아리 같은 질문들은 생략하고
지금 내 몸 그대에게 던져줘도 되겠느냐

진도에 와서야 생이 가벼워진다.

소평笑泙*
— 정한용 시인

비수라도 날려보낼 맑은 웃음으로
젖어들었다

먼 징소리같이
깊은 골 봄물 소리같이 젖어들었다

젖어 함께
한세상 오래오래 흘러가고 싶었다

흘러가서
바래지 않는 그림 한 장 되고 싶었다

* 정한용 시인의 아호.

울트라ultra

마스크로 황사 문제가 해결되나요, 황사는 가짜 울트라, 황사에 부여한 주권을 회수하세요.

미국연방준비제도가 기준금리를 울트라스텝으로 결정할 경우 우리 경제는 또 한번 소금 맞은 미꾸라지처럼 요동치겠지만 나는 렌즈 다섯 개 장착한 울트라스마트폰을 갖고 싶지. 그거로는 꽃의 정체뿐만 아니라 꽃의 마음마저 가져올 수 있을 것 같아서.

나는 울트라 인간을 가장 혐오하지, 울트라패션을 걸치고 시시덕거리는 까치 새끼들보다 먼저 부화한 뻐꾸기 새끼가 아직 깨어나지 않은 개개비 알을 둥지에서 떨어뜨리라고 선동하는 어미 뻐꾸기의 꼬락서니를 보면 내 몸은 지루성피부염에 긁적거리고 있지.

그래서 나는 울트라연고와 울트라진통제에 버금가는 시 쓰기에 몰두하고 있지. 솔직히 말하면 나 같은 촌놈은 울트라를 감당할 수 없지만,

독신론獨身論

사랑이 없는 사회는 이미 죽은 사회다

대단하지 않으냐 경이롭지 않으냐
저, 돌 틈을 열고 꽃을 들고나온 민들레

비상등처럼 가까스로 핀 꽃을
누구에게 바치려고 서둘러 나왔겠느냐

모쪼록 시詩답지 않은 환유 속에 숨지 말라
아빠 엄마 소리 듣지 않고 어찌 인생을 알리

부모에게 물어봐라! 하늘에게 물어봐라!
산 입들은 구구한 핑계를 대고 있지만

냄새나는 독신은 결코 아름다운 게 아니다

가젤인가 치타인가

가젤을 바짝 추격하는 치타 잡힐까 말까,
쫓는 자나 쫓기는 자의 가속도는 일촉즉발

나는 가젤인가 치타인가,
강 건너 불은 더 타오를수록 아름답다

마침내 가젤의 숨통을 끊어놓는 치타
하이에나 무리를 만나 먹이를 빼앗기는 치타

새끼들이 기다리는데 억울하다는 낯빛,
뒷걸음치는 치타 뒤의 하늘빛이 붉디붉다

울기 좋은 곳

오늘의 날씨

당신의 기분은 오늘의 날씨
당신이 흐리면
나도 흐려져요
당신이 맑으면 나도 갠 날씨

애인이여!

당신은 어린애 같아요
당신의 기분은 나의 풍향계
저 구름의 변검술에
당신 괜히 앙탈부리지 마요

별사別辭

애인이 떠나면서 하는 말씀이
나를 잊으라고,

잊으라는 말씀이
잊지 말라는 말로만 들려요.

뒤돌아서 가도
야윈 낮달이 자꾸만 따라와요.

유두절流頭節

살구가 하나둘 떨어질 때
살구나무는 동쪽으로 떠납니다.

다 큰 자식들이
부모의 품 안을 떠나지 않겠다고
옷자락을 꽉 부여잡고 있지만
자애로운 눈빛으로
부모는 자식들이 상처받지 않게
가만가만 손을 떼어놓습니다.

하늘에서 이를 오래 굽어보시던
낮달이 빙긋이도 웃습니다.

설거지

고개 숙여 경배드렸던, 체온이 식은 밥상 위 빈 그릇들이 왜 추해보이는지, 수세미에 주방세제를 묻혀 잠시 거룩했던 것들의 얼룩을 닦는다. 남이 설거지하는 걸 보면 꺼림칙해 보이는 내로남불을 씻는다, 사소한 일에 눈을 부라리는 미인의 히스테리에 더러워진 마음을 씻는다, 그것들을 뜨거운 물 소나기로 헹구고 나면 내 눈의 들보를 빼낸 것 같다

하기야 내 인생도 설거지할 때가 되었지, 작은 그릇 큰 그릇 차례로 엎어놓으면 개운하다, 시詩 한 편 퇴고를 마친 것 같은, 설거지도 수행이다

파스

화끈했었지
우리 뼛속 깊이 파고들던 사랑

우두둑한 허리에 더듬더듬 파스를 붙이는데
이 무슨 청승인지
문득 당신 얼굴 떠올라서 자꾸 눈물이 난다

아픈 마음에도 붙이는 파스는
왜 없는지

김치찌개 조리법

검버섯 핀 냄비가 구색 맞다
시어빠진 김치는 개, 걸, 윷, 모, 도로 썰어넣고
밤새 밀려든 쓰레기 메일 지우는 동안 끓이다가
착한고깃간에서 끊어온 돼지고기로 2층 올리고
3층을 짓는 콩나물은 매우 풍성하다
쓰다 남은 라면스프도 털어넣고
표고버섯가루 반 숟갈
추젓 반 숟갈 떠넣고
매실효소도 소주잔으로 반 잔이면 개운하다
불순한 일기예보를 듣다가 반쯤 무르익을 즈음
양파 반쪽 썰어넣고
산모롱이 돌아가던 노래기 같은 석탄차 기적 끝에
냄비뚜껑 들썩거리면 슬픔도 그만이다
이것이 다 당신의 여윈 어깨 너머로 배운 조리법
보탤 것 없이 빼먹는 여생에 막걸리 한 양재기도
무람없이 곁들이며
김치찌개 하나로 자족하는 독거

고구마가 왔다

시집 한 권 보냈더니
답례로 '강화속노랑고구마'가 왔다

냄비 뚜껑 들썩이는
일생 처음 맞는 탄식인가 절정인가

애써 농사지어 보내준
그 마음 속살이라는 게 달디달다

새로 도배한 콩기름 입힌 장판에다
마니산 넘어간 석양빛

울기 좋은 곳

슬픔만이 사랑을 정화할 수 있을까
슬픔은 짜봤자 슬픔뿐인데
누가 슬픔까지 빼앗으려 하겠는가!

흰 거품을 물고 끝없이 거칠게 빨래하는 손
그 손 얼마나 팍팍할까 아플까
바다의 정화 작업은 왜 끝이 없는가?

쓰다 남은 사랑,
구제품 같은 사랑,
수평선에 목을 맨 아득한 슬픔까지 불러와서

받으면 끝까지 품어주는 바다의 마음을
나는 한껏 보았다
가장 울기 좋은 곳이 바다라는 것을.

아버지

그슬리고 달아빠진 몽당부지깽이를 더 사용할 수 없어서
아궁이에 던지고 울었다

처서處暑

아침부터 까마귀 소리 소란한 골목

마침 올려다보는 하늘은 근심 없어 보여
골목에 건조대를 펴고 곰팡내 풍기는 옷가지를 널었다

작은 날것들이 사람냄새에 아귀처럼 날아들고
참나무 수피에는 노래 빠져나간 박제 드문드문 걸렸다

이윽고 쑥대밭이 된 봉분 하나를 깎는다
땀범벅 간소한 제물을 진설하는데 물까치 떼 오락가락

무릎 꿇고 두어 번 절하는 지상의 몸이 심히 들썩이므로
살을 찢고 튀어나온 등뼈가 휘어 빛난다

비로소 깡마른 노인의 몸이 식는다

절벽 앞에서

절벽 앞에서
일가족이 뛰어내릴 수도 없고
절벽 너머 환한 곳으로 갈 수도 없다
대한민국에 길길이 날뛰며 분노에 찬 소년이 있다
어떤 불만은 폭력으로 채울 수 있나
약관의 용모 수려한 사내가
한 살 정도의 저능아라 해서 제 몸의 통증을 모르는 걸까
뿔 없는 분노를 벽에 찌어 박이 터지는가 하면
제 몸의 상처를 쥐어뜯으며 진물이 마를 날 없다
따라서 제 어미의 눈물도 마를 날이 없는데
마침내 벽에 갇힌 소년이 총 맞은 짐승처럼 소리치고 있다
한 살 정도의 저능아라고 해도
대적할 상대가 없는 사각의 링 안에
혼자 남은 고독은 본능처럼 감지하나보다
아이의 폭식은 거대 몸집과 이유 없는 분노만 키웠나
그래도
행복하고 감사한 때도 있었다고 말하는 네 아비여
뛰어내릴 수도, 뛰어넘을 수도 없는
절벽 앞에서

이월은 망통이다

二월은
평생 가시 붙은 비린내를 입에 넣던 두 쪽의 젓가락

二월은
지난 겨울에 낙상했다가 겨우 걸어가는 두 짝 지팡이

2월은
담장 너머 이월移越할 수 없는 뒤룩뒤룩한 집오리

겨울도 아니고 봄도 아니고 아무리 조여봐도 이월은
망통이다

세한歲寒

선달그믐에 오는 비는 칼날을 품고 있다
새봄에 꽃피는 목숨은
칼날조차 자양분으로 살아남은 것들일 게다
허리 다친 데는 걷는 게 좋다 하여 문밖에 나오니
무작정 비를 맞는 나목들이 꺼병하다
한참 걷다보면
뒤틀린 허리의 조직이 제자리를 잡는 것 같은데
우산도 없이 비를 맞는 마른 풀들은 측은하다
지금은 이렇게라도 조금씩 걷지만
비 그친 후에는 혹한이 들이닥친다는데 걱정
용케 굴러가는 저 퀵서비스의 바퀴들도
미끄러운 길바닥에 잘 굴러갈지 걱정
나는 허리를 핑계로 마냥 드러누울 수도 없고
아픈 허리는 오래 앉은 자세가 젤 나쁘다는데
시집에 묶을 것들을 다시 손봐야 하는데
오불관언으로 오는 비는 칼날을 품고 있다

트라우마trauma

일어서면
메마른 적막이 가득 찬 귀

가만히 자리에 드러누우면
뛰쳐나오는 말발굽 소리

연전에 허리를 짓밟고 간
말발굽 소리에

잠 못 들어 벌떡 일어나면
쥐 죽은 귀,

우수雨水

정이 들다가도 정떨어지는 소리를 듣는다
마침 우수랍시고 가랑비 가랑가랑 내린다

나는 사랑도 삶도 시詩도 우수한 적은 없었다
출발은 서너 발 늦었고
한다는 게 독수리타법처럼 서툴고 더듬거렸다

가랑비 가랑가랑 내리는 오솔길
정이란 들었다 안 들었다 가랑비 같지만
초록 풀잎에 맺힌 빗방울은 신령해 보인다

그래, 나는 지금부터라도 풀잎처럼만 살자
… 시詩살이마저도 우수에 젖어서는 안 된다

밤안개

늙은 애인이 울었다
얼토당토않은 푸념을 늘어놓으며
양지에 녹아내리는 늦은 고드름처럼 울었다
내 시린 마음 녹여주던 화로 같던 여자
인적 끊긴 새벽 두 시의 밤안개 속으로 걸어간 여자
안전핀 뺀 수류탄이 폭발할 것 같은데 어떻게 붙잡나
그땐 밉고 속상하기만 했지만
그가 떠나고 나서야
실연한 소녀처럼 울던 애인 생각에 괴로웠다
나 마른 엉겅퀴나 도깨비바늘의 속셈은 없었을까
사랑은 속박을 낳고 속박은 방임을 낳고 방임은
진정한 자유를 낳지 않는다
귀때기 가려운 소리로
서로 결박 않는 애인 같은 친구로 잘 지낼 수 없을까
이따금 실연한 소녀처럼 울던
그때 그 애인 생각에 가슴 아프다
그는 모르고 있겠지만
내 밭은 마음 아파 안개 속으로 헤매는
연민인지 사랑인지,

유심唯心

비 온다
세상의 마음을 울리는 빗줄기
사정없이 때리는 비는 누구의 마음인가

연잎에도 비는 오고
비는 연잎에 가득 차기도 전에 비워지고
결코 연잎은 비에 젖지 않는다

연잎에 속절없이 내리는 비가
몸 동글게 말아 마침내 낙수가 되는 걸 보면
연잎의 마음은 둥글다

연잎을 적시지 못하고 속진만 씻어가는
철철이 오는 비는 누구의 마음인가
둥글다

상강霜降

지금은 무엇을 핑계로
몽롱할 때 아니다
거나한 단풍잎 울긋불긋 동심원을 그리면
딱 소주 석 잔이면 약주로다

지금은 내린 서리만큼
머리를 식혀야 할 때
구령 맞춰 찬바람 뚫고 가는 하늘 철새무리
정연한 대오는 철옹성이다

그러니 소매 끝에 찬바람 들고
겨울보다 앞서 미뤄둔 안부는 물어야 하고
더디 마른 옥상의 빨래도
서둘러 걷는다

노장의 발분 서정 그리고 담장 너머의 나팔꽃

우대식/ 시인

눈보라 속 남극 펭귄은 단 하나의 알을 발등에 올려놓고 품는다
인생은 빨리 늙고 반성은 너무 늦구나,
가마에서 꺼낸 도자기를 거침없이 망치로 깨뜨려보지 못했다

—「시인의 말」

이 시집 가장 앞에 실린「시인의 말」을 앞에 두고 시에 대한 저 지고지순한 욕망은 어디에서 비롯되는가를 한참이나 생각했다. 눈보라 속 남극 펭귄이 단 하나의 알을 발등에 올려놓고 품는다는 진술은 시인으로서의 삶에 대한 반성적 알레고리의 형식을 하고 있다. "단 하나의 알"을 품고 살지는 못하였다는 반성은 오로지 "시"만을 품고 살지는 못하였다는 반성이라 할 수 있다. 나아가 "가마에서 꺼낸 도자기를 거침없이 망치로 깨뜨려보지 못했다"는 반성의

비유적 실체도 시의 장인으로 살지 못한 것에 대한 회한을 담고 있다.

나석중 시인은 시로부터 멀어진 현실에 몸서리를 친다. 이 몸서리는 시를 향한 투신의 형식으로 드러난다. 하여 노장의 시편들은 구차하지 않으며 가볍지도 않다. 육성의 이야기를 들려주되 강요하지 않는다. 염치를 갖추었지만 눈치를 보지 않는다.

나석중 시인의 시에서 눈여겨볼 제재 가운데 하나는 "돌"이다. 시인의 의식 속에 돌은 자신을 알아본 자에게만 은근한 미소를 전한다. 더욱이 언어 이전의 기원이 돌에 새겨져 있다는 인식은 의미심장하다.

> 수석장에 크고 작은 돌들이 정연하다
>
> 이 침묵덩어리들은 빽빽한 언어의 숲
> 언어 이전의 언어의 표본
> 눈으로 가슴으로 듣는데 깊고 자상하다
>
> 유배지 같은 강가에서 바닷가에서
> 측은한 물새알 둥지를 보다가도
> 인연의 눈빛은 섬광 같았지
>
> 아침 저녁으로 문안을 드리고 쓰다듬고
> 마음 설레며 맞았던 첫 만남의 때와
> 그 아련한 장소를 기억하며

거울처럼 노옹들의 눈빛에 나를 비춘다

—「언어의 표본」 전문

"언어의 표본"이라는 제목을 달아놓고 돌에 관한 이야기를 하고 있다. "이 침묵덩어리들은 빽빽한 언어의 숲/ 언어 이전의 언어의 표본"이라는 시적 진술은 수석장 안의 돌에 대한 이야기이다. 돌들의 침묵 속에 빽빽한 언어가 도사리고 있다는 말은 사물 안에 근원적 진리가 잠재해 있다는 인식에서 비롯된다. 근대 이후 자본주의 생산체계는 사물의 고유성을 무시하고 모든 사용가치를 교환가치로 변화시킨다. 벤야민이 말했던 '아담의 언어'란 모든 사물은 개별성과 고유성을 가지고 인간과 소통하는 언어를 가지고 있다고 말한다. 그러나 인간은 언어를 하나의 도구로 전락시킨다.

돌에 대해 "언어 이전의 언어의 표본"이라는 역설적인 표현은 바로 도구적 언어로 전락되기 이전의 근원적인 사물의 언어가 돌에 서려 있음을 말하고 있다. 돌의 형상에서 타락된 언어가 아닌 본질의 현시로서 언어를 인지한다는 것은 매우 중요한 시사점을 던져준다. 근원적 언어에 대한 욕망을 보여준다는 점에서 예술의 숭고한 실재에 대해 긍정하고 있다고 할 수 있다.

앞에서 말했듯 단순히 의사소통의 언어로는 사물의 본질을 드러내지 못하는 까닭에 돌이 하는 말을 "눈으로 가슴으로 듣"는 것이다. 강가나 바닷가에 뒹굴던 돌과의 만남은 "섬광" 같은 번쩍임이며 순간의 인연이다. 그것은 "언어 이전의 언어"로 소통한 자들에게 주어진 사건이자 선물인 셈이다. 사물의 언어를 인간이 발화한다는 벤야민의 궁극적 언어관을 보여주는 것이기도 하다. 주체가 사물(대상)을 인식한다는 근대적 인식을 넘어 돌(사물)이 "거울처럼 노옹들의 눈빛에 나를 비"추는 생태적인 세계관을 보여주는 것이다.

이러한 사정을 더 명확히 보여주는 것이 다음과 같은 시다. "남한강 하류에서 처음/ 나보다 먼저 돌이 나를 보고 웃었다// 이심전심, 염화미소/ 지금도 나를 보고 넌지시만 웃는"(「웃는 돌」). 인간 중심의 세계관을 넘어선 사물과의 생태적 소통을 이 시는 보여준다. 나보다 먼저 돌이 웃었다는 것이야말로 해체된 주체 앞에 나타난 사물의 진리라는 점에서 시적 화자는 "돌의 웃음은 진리이다"(「웃는 돌」)라고 진술하는 것이다. 이것이 좀 더 구체화되면 "돌은 부처다"(「웃는 돌」)라고 선언한다. 그러한 의미에서 "언어 이전의 언어"로 상징된 돌은 "요리조리 실감하는 경외"(「강설석도降雪石圖」)인 것이다. 근원적 진리를 향한 시인의 시선은 자연스럽게 죽음에 대한 사유를 동반하게 된다.

발바닥으로 읽고 가슴으로 듣네
방심은 잔 돌멩이에도 미끄러지고
땀 흘리며 오른 정상에서 하늘의 숨소리 벅차네.
두꺼워진 종아리는 강철 같고
가난을 까불던 키만큼 넓어진 가슴에는 미움도 없고
굽어보는 저 산 아래

올망졸망 사는 것들은 개미집 모양 측은하여라
일생을 다 읽어도 완독하지 못하고 뭐라 중얼거리며
냉정히 내려가는 골짝물은 다시는 돌아오지 않겠지만
나는 알지
내 언젠가
다시는 하산하지 않을 날 오리라는 것을 알고 말고
이끼 푸른 산기슭의 적요에 묻혀서
산경山徑의 쉼표 하나 되리라는 것을,

—「북한산」 전문

산을 올라가고 내려오는 과정을 삶의 여정에 빗대 읽어내는 방식은 고전적인 것이라 할 수 있다. 산 정상에 올라 아래를 내려다보는 마음을 시적 화자는 "미움도 없"다는 정서적 발화를 통하여 드러내주고 있다. 세상을 바라보는 측은지심의 연원은 인생을 한껏 살아온 노장의 혜안이라 할 수 있을 터이다. 하여 "올망졸망 사는 것들은 개미집 모양 측은하여라"는 시적 진술은 인간 세상의 영욕을 살아본 자의 지혜를 담고 있는 것이다.

"일생을 다 읽어도 완독하지 못하고 뭐라 중얼거리며" 흘러가는 것은 계곡물이며 동시에 인간 삶의 여정이라 할 수 있다. "이끼 푸른 산기슭의 적요" 속에서 시적 화자는 고백한다. "다시는 하산하지 않을 날 오리라는 것을 알고" 있다고 스스로에게 조곤조곤 말하고 있는 것이다. "팔순 넘어 덤으로 살다보면 낯익은 외로움도 같이 갈 친구다"(「초복」)는 시적 진술도 같은 의미 맥락이라 할 수 있다.

이러한 일련의 과정은 죽음 혹은 늙음이라는 현상은 슬프지만 자연 그 자체라는 사실의 수긍을 통해 세계에 대한 개안開眼의 시선을 보여준다. 늙음이란 현상을 있는 그대로만 수용하는 것이 아니라 쓸쓸한 자연의 한 형태인 동시에 세계를 바라보는 확장된 시선을 동반하는 시간의 기제라는 점을 이 시는 분명히 보여준다.

늙어간다는 것을 "전의戰意 잃은 매 발톱이 되어가고 있다"(「행복」)는 감각적 묘사를 통해 젊은 날의 치열한 여정을 그리고 있는 것이다. 시 곳곳에 인고의 세월을 살아온 지난날의 결의와 연민이 담겨 있다. "내가 이래서는 안 되지/ 벌떡 일어나 다시 걷는다"(「풀꽃」)는 시적 진술이야말로 자신의 일생을 고스란히 담고 있다. 죽음과 늙음 앞에 선 자화상의 모습을 보여주는 아래와 같은 시를 만나게 된다.

3층까지 올라온 얼굴 새빨간 저 나팔꽃이
아득한 하늘 끝을 보고 있다

뿌리박은 흙바닥에서
1층, 2층, 3층
앞길에 가파른 담벼락이 없었다면 무슨 기댈 힘으로 올랐을까

아무 소리도 없이 수행인 듯
온몸으로 경전을 읽어온 나팔꽃 선비

담벼락보다 더 높은 곳이
기댈 곳 없는 하늘이라는 것을 깨달은 것인가?

—「면장免牆」 전문

이 시의 제목인 '면장免牆'은 담을 면했다는 뜻으로 아마 시인이 만들어낸 단어일 듯하다. 흙바닥에 뿌리박고 3층까지 올라온 나팔꽃이 새빨간 얼굴로 "아득한 하늘 끝을 보고 있다"는 시적 진술에는 다분히 시적 주체의 모습이 비유적으로 담겨 있다. 담장에 기대 이어온 길을 수행에 빗대는 장면은 대개의 삶은 이렇듯 온몸으로 기어 올라가야 한다는 것을 역력히 보여준다. "온몸으로 경전을 읽어온 나팔꽃 선비"란 시적 주체의 한 모습이라 할 수 있다. 시적 주체가 주목하는 것은 3층 너머 담벼락이 없는 세상이다. "앞길에 가파른 담벼락이 없었다면 무슨 기댈 힘으로 올랐을까"라는 질문은 다분히 실존적인 물음이라 할 것이다.

"담벼락"의 상징은 살아오면서 만난 사람들이며 자연이며 사물 등 모든 것들을 아우르는 말일 터이다. 그 "담벼락"이 끝나는 지점은 피안으로 가는 길일 터이며 "기댈 곳 없는 하늘이"이 되는 셈이다. 담장을 면免하고 아무 기댈 것 없는 하늘과 맞서는 모습은 실존적 인간의 형상을 하고 있다. "죽음보다 어려운 게 살아남는 일입니다"(「면장免牆」 2)라는 시적 진술은 죽음을 통해 삶을 말해주고 있다. "담벼락을 면해 먼 데까지"(「면장免牆」 2) 보는 일은 위태로워 보이지만 사는 일이며 경전을 읽는 일인 셈이다. 이렇듯 죽음에 대한 시인의 인식은 세계를 긍정하면서도 있는 그대로의 날것으로 맞서고자 하는 의식을 선연히 보여준다. 이러한 결기의 바탕에는 시가 있다. 어쩌면 담벼락이 끝나는 곳에서 허공을 짚고 올라가려는 견인의 정신이야말로 나석중 시인의 시정신의 현현顯現이라 할 것이다.

눈 온다 폭설이다
유언 없는 적멸의 얼굴 위에
눈은 기존을 다 바꿀 듯이 오고

저 무혈혁명의 질서 속에
누구를 미워할 수 있으랴
누굴 사랑하지 않을 수 있으랴

하늘에 계신 어머니가 오셔서
다시 나를 낳을지라도
나는 또 가난한 시인이 될 것이다

죽은 세상이 부활해야 한다고
호령호령 눈 온다

—「천지백색일색天地白色一色」 전문

이 시는 판소리 〈사철가〉의 겨울 부분을 연상케 한다. 폭설을 보며 시적 주체는 무한한 자유를 느끼고 있다. "눈은 기존을 다 바꿀 듯이" 내리고 "무혈혁명의 질서"를 수립

한다. 이 혁명이란 정치적 권력과는 거리가 먼 사랑이 혁명이다. 눈이라는 자연의 혁명에 동참이 가능한 것은 시인의 감각이 있기 때문이다. 자연이 빚어내는 현상을 일반인들은 보편적 관념 혹은 정서로 느낄 터이지만 시인은 전혀 다른 감각으로 인지한다.

"무혈혁명의 질서"란 폭설에 대한 시적 주체의 개성적인 감각의 드러냄이라 할 수 있다. 들뢰즈가 말한 바대로 감각은 되지만 무엇인지 알 수 없는 사태에 대한 탐구가 예술가의 과업이라는 점은 시인으로서의 삶이란 탐구의 연속이며 더불어 극심한 피로를 불러오기까지 하는 것이다. 다시 태어나도 "가난한 시인"이 되겠다는 결의는 아름다운 그 무엇을 향유하겠다는 것이 아니라 예민한 감각의 촉수를 지니고 살겠다는 것을 의미한다.

이럴 때 시인은 사물의 소리를 듣게 되는 것이다. "죽은 세상이 부활해야 한다고" 호령하는 눈의 소리를 듣는다는 것은 사물을 대신해 말한다는 것을 뜻한다. 더욱이 "가난한"이라는 말에 방점이 찍히는 것은 무엇이든 과잉된 사회 속에 살아가는 자로서의 소박한 번뜩임이 있기 때문이다. 가난하다는 것은 염치와 자존의 또 다른 이름인 셈이다. 시적 욕망과 자의식에 관한 시편은 시집 전편에 스며 있다. "길들이지 말아라/ 나무는 나무로/ 살고 싶다// 자르고/ 비틀고/ 누르고// 우리는 너무너무 아프다/ 나무로 살고 싶다"(「분재」). 분재에 대한 간결하고도 직접적인 진술은 시인으로서의 알레고리적 비유로 읽힌다. 형식 혹은 내용의 강제로부터 자유롭고 싶다는 욕망은 모든 생명의 독자성과 관련이 있을 것이다.

이 원래대로의 회복이 나석중 시인에게는 시의 과업이라 할 수 있다. 나무가 나무로 사는 것을 꿈꾼다는 점은 이 시집 저변에 깔린 생태주의적 태도에서 비롯되는 것이다. 사물성의 회복이야말로 가난한 시인의 과업이라 할 만하다. 「세한歲寒」 같은 시에서 아픈 몸으로 시집을 꾸리는 장면은 섣달의 싸늘한 풍경과 함께 치열한 시적 태도를 다시 보여준다. 또한 "시詩살이마저도 우수에 젖어서는 안 된다"(「우수雨水」)고 스스로 단련하는 장면도 눈여겨 볼 만하다. 사물성에 대한 탐구 그리고 그것에 대한 즉물적인 드로잉도 이 시집의 한 특성이라 할 수 있다.

> 검불덤불 헤치며
> 저만치 처음 가보는 곳을 가보았다
>
> 처음 보는 꽃을 보고 뒤돌아서니
> 꽃이 나를 불렀다
> 세상에 나가 함부로 꽃 소문내지 말라고
> 조용히 살고 있는데
> 자꾸 사람이 싫지 않게 해달라고
> 이름 모를 꽃도 초상권이 있다는 듯
> 꽃이 나를 불렀다
>
> 하기야 사람의 신발독이 여간 아니지
> 입 조심 발 조심.

—「꽃이 나를 불렀다」 전문

하이데거는 예술가란 진리를 받아 적는 영매와 같은 존재라고 규정하였다. 사물 앞에 서서 사물이 하는 소리를 듣는 것 자체가 생태주의적 태도와 관련이 깊다. "처음 가보는 곳"에 핀 꽃이란 실제 꽃일 수도 있으며 꽃에 상응하는 아름다움의 가치일 수도 있다. 중요한 것은 꽃과 대화를 한다는 사실이다. 꽃의 말을 들을 수 있다는 것은 그 꽃의 독자적 사물성에 시적 주체의 감각이 닿아 있다는 것을 의미한다. 또한 꽃은 자아가 투영된 비유물이기도 하다. "조용히 살고" 싶다는 꽃의 욕망은 앞의 시에서 보여준 "가난한 시인"에 준하는 비유물이라고도 볼 수 있다.

"이름 모를 꽃도 초상권이 있다는" 시적 진술은 각각의 사물은 개별적 가치가 있고 그 가치는 지켜져야 한다는 것을 뜻한다. 꽃과의 대화는 사물의 개별성과 자존이 왜 지켜져야 하는가를 명확히 보여준다. 이러한 태도는 사물의 새로운 국면에 주목한다. 여기서 새롭다는 것은 이미 있었으나 일반적으로 인지하지 못한 상태를 뜻하는 것이다.

"당신은 꽃의 마중을 받아보신 적 있나요/ 찢어진 영혼을 박음질받는/ 당신의 이 무통분만의 기분을 아십니까"(「가침박달」)와 같이 가침박달 꽃과 소통한다. 꽃은 찢어진 영혼을 기워주며 이 박음질이 무통이라는 사실은 시적 주체와 꽃이 전혀 새로운 관계 속에서 만나고 있음을 보여주는 것이다. 사물과의 내밀한 소통은 "지는 꽃은 사명을 다한 것"(「지는 꽃」)이라는 사물에 대한 분명한 해석을 불러온다. 시인은 어떤 의미에서는 들여다보는 자이다. 그의 시가 대체로 명백한 것은 자신만의 방식으로 오래도록 들여다보았다는 것을 의미한다.

서두에 말했듯이 이 시집에는 한 노장의 시를 향한 투신과 쓸쓸함이 곳곳에 배여 있다. 스님의 게송과 같은 발화 속에 끝내 육체적 인간으로서의 슬픔이 고여 있다. 어쩌면 이 지점이 나석중 시인의 본령이 아닌가 싶기도 하다. 사무사思無邪의 지경이란 몸으로 체득한 정신의 언어라는 사실을 그의 시들은 말하고 있는 것이다. 아래 시는 그러한 저간의 사정을 잘 보여준다.

종일 빗소리에 갇힌 몸

창문 닫아도 스며드는 물비린내
매미 울음 그치고 비구름처럼 엉기는 온갖 번뇌

내 뜻과 무관하게 태어난 몸 갈 때도
내 뜻과 무관하게 가겠지만

겨우겨우 핀 꽃들 다 지겠고
생계를 운반하는 바퀴들도 미끄러질까

무슨 의도를 묻겠다고 밖에 나간다면
낡은 지팡이 같은 몸으로는 낙상하기 십상이다

종일 몸에 갇히는 빗소리

—「종일 빗소리」 전문

마치 두보의 시를 보는 듯한 처연함이 서려 있다. 두보 시에 쓸쓸히 우는 원숭이 소리가 서경의 내면화라면 "종일 몸에 갇힌 빗소리"는 내면의 서경화라 할 수 있다. 이 처연함은 몸. 병듦 그리고 죽음에의 직면 등이 그 이유일 터이다. 시적 주체는 아픈 몸으로 방안에 갇혀 있지만 지는 꽃 걱정 그리고 밥벌이 나선 조그마한 사람들에 대한 연민 등으로 생각이 깊어간다.

이 시의 절창은 "무슨 의도를 묻겠다고 밖에 나간다면/ 낡은 지팡이 같은 몸으로는 낙상하기 십상이다"라는 구절이다. 예술이란 이 세상은 살 만한 곳인가를 묻는 것이라는 명제가 있다. 그러나 육체적 신고(辛苦)는 이러한 물음마저 수월치 않게 한다. 왜 꽃은 지는 것이며 사람은 왜 먹고 살아야 하는가. 그리고 비는 종일 내리는가 등등. 이 시에서 어떤 해탈을 노래했다면 전혀 다른 포즈를 만들었을 것이다. 그러나 나석중 시인답게 조금은 쓸쓸하지만 과장을 집어던지고 사실적 정황에서 시적 세계를 구조를 하고 있다. 이러한 점들은 시적 격을 한껏 높이고 있다. 노장 시인의 시에 대한 발분 서정과 변방의 쓸쓸함을 동시에 느낄 수 있었다. '정성을 다한 조촐함'이라는 말이 이 시집에 대한 정당한 평가라 하겠다.

현대시세계 시인선 174
하늘은 개고 마음은 설레다

지은이_ 나석중
펴낸이_ 조현석
기 획_ 김정수, 우대식
펴낸곳_ 북인
디자인_ 푸른영토

1판 1쇄_ 2024년 12월 07일
출판등록번호_ 313 - 2004 - 000111
주소_ 121 - 842 서울 마포구 서교동 460 - 34, 501호
전화_ 02 - 323 - 7767
팩스_ 02 - 323 - 7845

ISBN 979-11-6512-174-7 03810

책값은 뒤표지에 있습니다.
저자와 협의 아래 인지를 생략합니다.

이 책은 2024년 한국예술인복지재단
창작준비 지원금으로 발간되었습니다.